KB263068

상자해파리

상자해파리

조명희 시집

시인의 말

바다에 속았다

가장 신비로운 위험

투명은 치명적인 위장이어서

수심 얕은 해안으로 파란 별이 들었다

촉수의 놀림이 매끄럽다

다가가지 마세요

자동분사의 독을 지녔습니다

자연보호구역엔 가지 않겠다

카보베르데는 더욱

2025년

조명희

차 례

● 시인의 말

제1부

제1부

살아남은 것들의 무늬

잠자리의 시야는 360도 기린은 목이 길고 개구리는 물과
뭍을 오간다

나는 며칠째 부르튼 입술
아이섀도를 펴 바른다

유혈목이 허물 벗었다 어딘가에서 색을 만들고 있겠지 얼
룩으로 본색을 지울 수 있다

죽기 살기로 덤비면
죽거나
시체처럼 살아지거나

페트병의 배를 가른다 물을 채우고 고무나무잎을 꽂으면
뿌리내릴 먼 나라 어디쯤의 벵골

맹수는 의외로 가까운 곳에 산다
숨어 때를 기다리는 맹렬함

살아남은 자의 얼룩은 무늬라 한다

ㅗ와 ㅏ

네모난 방엔 네모난 창문 네모난 침대

원시의 침대는 동그란 모양
잠이 들 때 동그랗게 말아 동그란 뱃속에 동그란 구멍

꼭지를 키운다
몸이라는 남자의 'ㅗ'와 맘이라는 여자의 'ㅏ'

바다가 밀물이었다 썰물이 되면
뻘밭으로 미끄러진 널배는 바다의 꼭지가 되고

여자가 창문을 닫는다
남자가 블라인드를 내린다

바지를 벗는다 ㅁ에서 솟은 꼭지가
ㅗ ㅛ ㅗ ㅗ ㅗ ㅗ

블라우스를 벗는다 ㅁ에서 솟은 꼭지가

ㅏ ㅏ ㅏ ㅏ ㅏ

몸으로

맘으로

물 들어온다

빨은 동그란 아기를 넣어 동그랗게 젖을 먹인다

상자해파리

담배로 거리의 기준을 삼던 사람이었다

후—
냄새가 퍼지는 곳까지를 가까운 거리라고

꽁초 심은 자리에 연기가 자랐다
초록을 심으면 사슴이 뛰놀았다

뿔을 잘라 피를 팔고 밥을 먹고 연애하고 담배를 피우던
사람

에세가 말보로로 바뀌듯
풀밭이 다시 바다

플랑크톤을 새우를 초록조개를 한 곳에 가두던 사람

연기만큼 불안에 좋은 약은 없다고
후——

고개 돌리면

가까운 사이 아니었어? 구기고 던지고 가래를 뱉었다

수시로 담뱃갑 열어

후―――

뻐끔담배였다

적중률 백, 확신의 독침이었다

식혜

잘못 살았나 봐

친구라고 믿어온 여자 사람이
열무김치를 잘게 자르며 친구가 그립다 한다

무슨 일이냐 물어도
그냥

그냥이라는 말은 보리밥집에 와 쌀밥을 찾는 것과 같다

묻고
대답하고
비벼지는 된장 국물 한 숟갈이 맘에 안 든다는 그녀에게

뭐라도 한잔하고 갈래?

다음 번에,를 앞당긴다

사방이 문인 곳에서 손잡이를 찾고 있는 그녀
내 입가의 고추장을 닦아주며

너라서 먹은 거야

식혜엔 밥알이 동동
부대낀다는 것은 고슬거리던 밥이 엿기름에 삭아가는 과정

생강을 씹는다

어디서 이런 단맛이 나올까?

화조

우리가 기억하지 못하는 오래전엔 꽃이 날았단다

꽃의 눈은 뺨에 있어 새의 곁을 날았지 그렇다고 너무 가까이 가지는 않았어

지중해의 노을을 목에 두르고 핀란드의 숲을 날개로 펼친 호금조는 멀리 날아간 새

부리 없는 꽃과 이빨 없는 새는 몸 안에 새끼손가락을 가져

단 한 번의 소원을 말해 봐

동. 서. 남. 북

꽃이 깃털을 가졌단다 새가 꽃대 올린단다

갈매기가 일제히 한 방향인 곳에 해당화는 핀단다

　우리가 기억해야 하는 건 다리 하나를 들어 피는 꽃과 얼
굴을 펼쳐야 잠들 수 있는 새

　밤이면 꽃이 부리를 등에 꽂는 건 잠결에서라도 펼쳐야
할 날개가 있어서란다

땍땍거리던 사람이 똑똑 문을 두드리고

묶어도 너무 묶었다
마음을 잘 풀어주던 사람이었는데

중앙시장 떡집엔
흰색과 쑥색 반반의 절편 있다 콩과 밤과 대추를 넣은 쇠
머리찰떡이 있고
맛보지 않아도 되는 우리는 꿀떡이었는데

이거 먹을래?
인절미는 고물에 묻혀 먹는 맛

콩가루를 털어내는 사람 흘린 앞자락을 털고 잡은 손을
털고
팔짱은 불편하잖아

따로 걸었다

목련이 수선화 줄기에서 꽃대 올린

냉장고 문을 연다 잘 둔다고 묶어둔 비닐을 푼다

해동하면 막 쪄낸 것 같아요
고물을 따로 담아주던 주인은 바람떡 한 팩을 덤이라고
주었는데

납작하게 눌린 우리는
해동에도 부풀지 않는다

제돌이와 효리와 신라면

한때 핑클의 인기는 대단했지

이진 들어가고 유리 나와 샤랄라
긴 머리 살짝 귀 뒤로 넘길 때면 주현이 들어가고 효리 나
와 샤랄라

서울대공원엔 남방큰돌고래
물속의 핑클이었어

애들도 사람처럼 대화를 해요 네에네에
제돌이와 춘삼이 대답하고 복순이와 삼팔이 뛰어올라 핑
그르르
공 한 번 치고 핑그르르

돌려보내야 했어
우리에게 오기 전 그들에게로

잘 지내겠지 했지

인도양이나 태평양 어디쯤에서 우린 스쳤을지 몰라

차려진 밥상 두고 신라면에 땡초 넣듯 서울살이 접은 효
리가 티브이에 보이고
제주 앞바다엔 제돌이가 점프

바다의 골목을 지나 소실점의 하늘 너머로 점프
새끼들 더 높이 점프!

네게 줄 게 없어 그림을 그렸어

― 작업을 마친 클림트는 모델과의 엽색을 즐겼다 한다

그런 그가 완벽한 여성으로 에밀리를 꼽았다고

정신적인 사랑만을 나눴다고

허탈할 때 할 수 있는 건 사랑
할 말은 감추기 구차한 핑계는 동그라미를 네모로 노랑을
파랑으로 풀밭을 벼랑으로

새 애인을 바라는 건 보물찾기
적절한 장소는 잔디밭 가방을 들춰도 이슬방울이 발등에
서 말라도 만나지는 뱀

늘 도사리고 있는 위험한 미래
네 눈에만 띄지 않는 보물 다섯 번째 소나무를 벗어나도
찾을 수 없는 요행

고개는 돌리지 않기
각도가 비틀어지면 그 뒤는 벼랑 발가락 끝에 힘을 줘 마
지막이 너를 행복하게 할 거야 숫사마귀는 죽음이 행복이지

현란한 입놀림에 맡아지는 쇠 비린내
알록달록 뒤에 숨은 거미줄 너 말고 다른 애인은 많지만
네가 이대로만 있어 준다면

네가 눈만 감아 준다면
넌 이미 보물이지 황금과 사랑과 잔디의 공통점을 안다면
내가 누군지를 안다면

수민에게

묵직한 여름은 고갱이가 야물다
레인지 속 브로콜리는 빛을 따라 회전하고

수민은 내가 좋다고 한다 선크림을 발라준 첫 번째 사람
이라고
해맞이공원에서 해넘이를 본다

산등성이 아래는 깎아지른 절벽
아침에 자른 수염은 저녁에 푸른데

수민은 봄에 왔다
불길로 타올랐다 잡히지 않았다 바다로 철썩인다 잡히지
않는다
나에게 분포된다

브로콜리는 숲을 닮았다
가지 하나씩의 무성한 봉오리 우린 빼곡함을 숲째 먹는다

브로콜리는 쌈장보다 양념간장에
하나씩 씹히는 파의 맛으로

대체 몇만 송이를 먹어 치운 거야?

수민의 턱선 아래는 펴 바르지 못한 자외선차단제가 번들
거리고
브로콜리는 꽃이 피기 전 먹어야 한다

웬만해선 눕지 않는다 브로콜리는
잘 무르지 않는다

뭉근해서 구수한

미역국 좀 먹어본 사람은
불꽃을 줄인다

아욱은 끓이면 누렸다
해쑥은 소다를 넣고 삶았다
채소는 잎 넓히기 전 모가지 비틀린다

암시랑토 않당게
누가 알기나 허간디

아랫배가 평온해 눈두덩은 좀체 가라앉지 않는다
미역이 타닥거리며 냄비 바닥에 눌어붙도록

더 불렸더라면
참기름에 볶았더라면

자전거를 일찍 배웠다
손 뗀다 말만 없었더라면 거침없이 달렸을 텐데

흔들렸다

몇 번을 쓰러지고 나서야

넘어지는 쪽으로 몸을 기울이게 되었다

끓이면 파래지는 해초

뭉근한 맛을 안다

오늘도 일용할 양식을 주웁시고

오늘의 신부를 위해 아낌없는 박수를…

신부가 드레스 앞춤을 올린다 하이힐은 신부의 키와 밀접
하고
나는 그 누구와 관계되지 않는다

엘리베이터 문을 여는 사람 닫히는 문으로 뛰어드는 사람
그 틈에서 빠져나오는 사람

두리번은 눈빛을 들키지 않은 평상平常
비상구는 무릎 뒤쪽에 접어둔 계단

뼈대뿐인 갈비탕과 국물 홍건한 샐러드로 날마다 새로워
야 할 하루가 탐탁지 못하다

새로 시작한 이들의 앞날을 위하여…

화면 속 신부가 부케를 던진다 앞날이 무릎 뒤쪽에 접히고

통장에서 월급 스치듯 하객들 빠져나가고

다음엔 어디로 갈까
주중에 낀 휴일은 풍요로워 국경일이다

언니, 놀리지 마

하루도 빠짐없이 체중계에 올랐어
10년 동안

지구의 중력이 꾸준히 늘고 있다는 걸
언닌 모르겠지

근데 있지
이 사실을 NASA도 모르는 듯해

제2부

뒤

누가 내 얘기를 하는 것 같았다
돌아보면 모두 졸고 있었는데 죽암 휴게소는 화장실이 진
입로에 있었다

내렸던 사람들이 자리를 채운 후 차는 출발했다

목적지에 도착해
가슴이 큰 사람은 부둥켜안았고 반가움이 모자란 사람은
손끝을 겹쳐 악수했다 조금 어색한 사람은 고개를 끄덕이며

옷자락을 스쳤다

민박집은 2인이 1실
일찍 방으로 들어간 네가 이불을 깔아 두었다 나는 베개
를 당겨 너와 머리를 잇대어 잠들었다

밤새 편했다는 사람은 잠을 설쳤다는 사람에게 화장실을
양보했고

다음에 보자는 사람 있었다

　돌아앉은 사람은 등이 작아 속이 좁았고 앞으로 그러지
말자며 옆으로 걷는 사람 있었다

　다음엔 내가 너 되겠다는 사람 있었다

열중쉬엇, 차렷

화살표 따라 유성대로 뻗은
옥녀봉지하차도 앞

중앙분리대의 뽀리뱅이가 봄과 여름을 잇는다

효 콘서트 준비 중인 이미자는 가로등 깃대에 펄럭이고

저 차의 주인은 옥녀라는 이름을 가졌을 것이다 전용도로
쯤으로 알아 미꾸라지 진흙에 파고들 듯 어둠에 진입하는
걸 보면

더러 삶과 부딪히는지 찡그린 트럭이 눈도 깜박 않고

까칠한 어른이 타고 있어요 어깨 넓은 차량이 팔자걸음
이다

일동 차렷!
반짝,

붉은 띠 두른 경고판 앞

지팡이 짚는다 아장아장 걷는다

하이든 교향곡 94번

연주자는 그날의 풍경을 악기에 옮기는 사람
지휘자의 얼굴은 뒷모습에 있다

우리는 예술의전당에 간다
소매 끝 커프 링크스처럼 반짝 널브러진 시간을 모아 공
짜 티켓을 살려

악장의 킬힐은 현악기와 닮았다
닮은 사람끼리 켜는 단조음과 다른 사람끼리 두드리는 장
조음 사이
인터미션이 끝나고

사진이나 동영상 촬영을 금합니다
누구야?
거 알 만한 사람들이 말이야

우리는 입장 전에 인증샷을 마쳤다

줄을 타고 내려오는 거미였다 반쯤 감긴 눈에 날개 펼친
잠자리였다
공중의 마이크는 강약이 조절되는 서프라이즈

콰강!
명랑한 졸음을 깨우며 콰과강!

콘트라베이스랑 첼로가 연주해 바이올린을 낳았대
어머, 어머, 둘이 그런 사이였어?

뒤를 들켜
예술은 앞을 덧대기 좋은 전당이었다

모르긴 해도

어쩌다 여기까지 왔을까

의문이 한 방울 몸 안으로 스민다
물리치료실에 물리적으로 누워 링거 줄을 푼다

어떻게 이런 맛이 나요?

머위 탕을 먹다 씹히는 게 뭐냐고
냉동 소라라 해도 한사코 전복 맛이 난다던
그녀,
끝맛이 쌉싸름한

머위는 꽃이 먼저 피었다
사람의 발소리를 듣고 자라 무엇 하나 귀하지 않은 게 없
다고

간호사는 적당한 때 벨을 누르라 했지만
머위는 때가 없었다

역류하는 피

시간을 되돌릴 수 없지만 롤러 클램프는 잠글 수 있다

껍질을 벗긴다

실낱같이 당겨지는 의심

찬물에 우렸어야 한다

소크라테아 엑소르히자

니가 시방 몇 살여?
할머니는 볼 때마다 물었다

그러니까…,로 시작해
삼촌과 고모의 나이를 아빠로부터 계산했다

열대우림 지역을 걷는 나무
볕을 향해
몸이 옮겨지면 뒤쪽 다리는 버린다고

한 해면 두어 뼘 정도 옮겨 간다고

올해는 횟집이었다
광어 우럭 멍게…
낙지는 상춧잎을 벗어났다
접시 밖부터 젓가락 가는 줄 모르고

올해가 몇 주기더라

그러니까…,

큰물 나던 해에서 더해나가는 그날
이불 내다 널고 툇마루에 앉았다는 할머니

지금쯤 지팡이 짚었겠다
어둠으로 햇볕 한 뼘 옮기던 날처럼
곧 물어오겠다

언제 그리 나이를 먹은 거?

흐르는 강물처럼

나도 봤다
제목을 대면 알 만한 그 영화

주인공이 누구였는지 지금도 그토록 그리워하는지
잊을 만한 건 잊혔지만

반짝,
또렷한 햇살 속
먼 곳의 사람이 내게 흐른다

촤르르 낚싯줄 풀리듯 인사말이 끝나고 문청 시절 소쉬르
가 다녀가고

그거 뭐더라 음,
뭐였지? 음,
바위에 부딪힌 강물이 잠시 쉬느라
음, 음,

물결마다 햇살 들어차 얼핏 비늘처럼 설핏 지느러미처럼
겹쳐진 옷자락 사이

아, 그거요?

낚아챈다
영사기 돌리듯 감기는 낚싯줄에 옛날이 상영된다

스틸 컷 하나로 짐작되는 완결편엔
강물을 거슬러 오르는 피라미 떼가 있다 물고기에겐 강물
이 한솥밥이라고

뜬봉샘이 서해로 흐르는 식당에서
우리는 팔보채를 먹고 있었다

틱

나무가 차창에 걸터앉는다
나는 달린다 가로수 그늘 뒤로 옮기며

어느 가수는 나와 함께 늙어간다 삐리삐리 파랑새는 갔
지만
퍼드득
파랑새의 깃털은 정작 초록색

어제는 찬물에 샤워를 했다
따뜻해지겠지 붉은 쪽에 레버를 맞추고 한참을 기다렸다
쏟아지는 냉기를 그대로 맞았다 에취!
재채기는 빠르게

마을 앞은 천천히

허리를 지팡이에 얹고 노인이 간다 한 손은 엉덩이가 업
었다 두 다리에 하나를 더한다 방지턱 앞에서 나는 한쪽 바
퀴를 들고 덜컹

검정과 노랑의 봉긋함을 말아 줬다 아직도 어느 이발소에
선 동맥과 정맥을 감싼 붕대가 돈다지
　나의 생각은 돌고 돌아도 더얼컹

마음만은 천천히

턱에 올라 브레이크를 놓으면 비로소
스르르

수도꼭지를 푸른 쪽으로 돌려볼 걸 그랬다

코알라

피노키오는 말 잘 듣는 아이

밤이면 천사가 찾아와 거짓말을 가르쳤지만
할아버지는 혼 좀 나야겠구나 어서 이리 오지 못해?

곰도 아닌 것이 죽은 척
선물 코너의 테디베어 가족처럼 나뭇가지에 매달려 도망
가는 것도 귀찮아

피노키오의 꿈은
평생을 먹고 자고 먹고 자고 먹지 않고도 잠들 수 있기를
자신 닮은 여자를 만나 같은 나무 같은 침대 그녀의 코가
자라기를 코에서 싹이 트기를
엄마 닮은 아이가 태어나기를

내 새끼 어딨어?

피노키오를 닮은 그녀

캥거루도 아닌 것이 배를 까 보이며 새끼 낳는 일도 귀찮아

입 벌리고 누운 감나무 아래

천사가 잠들고 할아버지가 잠들고 여자가 떠나고

자라던 코가 멈추고

바다수산의 인어공주

그때 언니는 뭐 했어?
가스불 끄듯 단번에 너를 줄였어

시금치는 물에 닿는 것만으로 숨이 죽었다

맞바꿀 것이 남아 있는 숨
우리에게 내려진 저주는 더는 뜨거워지지 말 것

물속에 들면 바다가 끓었다
다행이라면 다행
물과 뭍을 오갔다 반신반의를 거듭하며

물가로 모여든 사람들
흔들던 썬파워를 갈아끼우고

고놈 참 맛있게도 생겼다

젓가락을 넣었다 뺐다

생선의 눈알을 빼 먹는

바다

우리는 공주가 못되었다
외딴 숲에도 높은 성에도 연꽃 위에도
어디든 엄마가 없는데

카운터엔 버젓이 마녀가 살았다

세종이와 장남이

물 위에 세운 도시가 있어
새는 사람 아래 살고 한 발 들어 잠을 자고

후세에 건네진 묘호로 카페가 생겨나고 축제의 물결이 호
수에 찰방거리고

올해는 유독 겨울이 일렀다
보내지 못한 마음 거둬들이려 들녘을 다독이는데
마지못해 들러가듯 문 앞을 서성이는 발걸음이 하늘에 머
문다

한때의 논밭을
한때의 과수원을
손바닥만큼 펼쳐 평야라 부르는 곳으로 찾아오는 새가슴
의 부부가 있으니

이곳은 내가 주인이야
세종이*가 날개 펼치지만

맡겨둔 새끼를 데려오고 싶어

장남이*가 접었던 다리 뻗어 보지만

걸 희고 속 검은 사람들은 흑두루미가 속마저 검을 것이
라 알듯

이 땅의 주인 또한 제 것이라 믿고

* 대전의 환경운동가가 붙여준 흑두루미 한 쌍의 이름

이가리 닻 전망대

세탁기는 몇 번의 헹굼을 거듭한다
그는 돌려 말하는 버릇이 있다

가고 싶으면 가

방향을 바꾼 세탁통
엉킨 소매가 바짓단을 놓는다 갈 데까지 가 보자고 가다 가다
멈춘 곳이

이가리 닻 전망대

화살표대로 가면 독도에 가 닿는다는데
내겐 덫이 되는 닻

덫은 부도浮島
세탁 중에는 문이 열리지 않는다 .

덫은 휴지休止

일시중지는 재가동이 없을 시 전원이 꺼진다

섬에 살고 싶었다

염소를 키우며 물미역 뜯으며 지나온 뱃길을 지우고 싶
었다

탈수가 끝났다

너무 많은 거품을 물었는지

해일이 밀려온다

세탁의 마지막 과정은 건조였다

상강

횡단보도 앞
여름이 깜박인다 오른발 떼었으니 왼발 디디라고
초록이 깜박인다

무성한 숫자 아래

5… 4… 3… 2… 1…
입추… 처서… 백로… 추분… 한로…

신호등엔 0이 없어
뒤바뀐 절기가 없다

우측보행은
지구가 도는 걸 지켜본 신호등의 갸륵한 행보

횡단보도는 흰색의 띠가 엇갈려 돌아올 시간과 부딪지 않
는다

윤회를 믿는 하루살이는 한 번의 신호에 평생을 건다

신호등 갓 아래 수북한 날파리 떼

여한 없이 즐기다 간 단풍놀이

애도의 물결 붉다

다이어트

꿩 먹고 알 먹고 달면 삼키고 써도 삼켜 울며 겨자 먹고

닭 잡아먹고 오리발 오리 팔아 돼지 사야지 돼지 팔아 코끼리 사야지 잘만 하면 평생을 먹고 살 수 있어

코끼리야 어서 먹어 네 사랑스러움이 털끝만큼이라도 사라지는 게 난 싫어

그러니 괜찮아 치킨은 살 안 쪄 살은 네가 쪄

제3부

폴라로이드 사진

소나무가 허리 굽힌다 신발 끈을 조이고 백만 개의 손을
까분다
빨리 와
물이 달린다

아직 추울 텐데
핫팬츠 차림의 남자가 짙은 색 봄을 끼고 달린다 무지개
스웨터를 입은 강아지 꼬리에서 바람 끝이 살랑거린다

같이 가자
자유시간을 꺼낸다 껍질을 까서 너의 입에 넣는다 잰걸음
보다는 일정한 보폭
지치지 않는 게 우리에겐 중요해

오늘을 기억하자

골담초를 배경에 넣는다
이 나무는 불리는 이름도 많대 그만큼 쓰임새가 많다는

거겠지 잠시 다른 이름으로 불리더라도 우리는 이 자리를
담아 두기로

　한눈팔던 눈을 끌어온다
　너의 뒤에 내가 설게 얼굴이 크게 나왔네 그럼 내 뒤에 네
가 서

　이건 네 것
　이건 내 것
　둑방을 올라서며 한 장을 나눈다

　사진이란
　버려진 여럿에게 바쳐지는 틀에 박힌 의례다

훑은 풀씨가 아직 손바닥에

돌아보면 작은 하천이었다
뒹굴다 무른 매실밭을 지나면 씨앗 터뜨린 수크령
건너면 잡풀 무성한 여름

행여 뱀이라도 만날까
느닷없는 출몰이 무섭진 않다 억새에 쓸리지 않을까 산딸
기가 무르면 어쩌지
우려는 되지만

십 년만 젊었으면 좋겠어요
풀씨를 훑는다

십 년 후에도 그런 소리 할 거지?
반백의 머리를 쓸어 넘긴다

바라는 말은 따로 있는데
잠시 쉬자,라든가 바지춤을 바짝 걷어붙여야지,라든가

뭘 도와줄까?

내친김에 더 갈 걸
이십 년 삼십 년, 갈 수만 있다면 훨씬 더 이전으로

버들가지 수면에 늘어지고
자발 맞은 피라미 떼 수면을 간지럽히는데 풀의 섶을 긁
어주던 사람은 어디로 갔나

걷다 보면 나타나려나
나는 사라지겠지

풀씨를 꼭 쥐고

나는 산유국의 왕

비옥한 등에서 혹이 자란다
의사는 기름 덩어리라고 우선은 손 놓자고

걱정을 놔야지
수고하고 무거운 짐 내려놔야지

볕 든 곳은 모두 사막 같다 그늘을 찾아 볕마저 부서지는
곳에서
　잘 튀겨진 돈가스를 먹는다

사막을 건너려면 든든해야 해
바삭함이 볼 미어지면 등부터 불러 와

등이 가려워도
긁어줄 사람 없어도

여긴가?
저긴가?

한 세기 전쯤의 우리네 마을처럼
주소 없어도 살구나무집이거나 파란대문집이라 부르게
되는

나의 등은 불모의 유정
나는 산유국의 왕

일송정가든은 그때 그대로인데

이곳 와 본 집 같은데…

기억해 내야 하는 것은
그때인지
그대인지

안티푸라민 냄새의 가죽나물 장아찌가 그때였다면
이 집 버섯은 저 너머 산에서 따온 거라 말하는 그대

누구랑 왔었어?
지금 내 앞의 사람은 그대만을 묻는다

좌식 테이블이 입식으로 바뀌었어도 마당 가 장승이 허리
굽었어도
저 너머는 그때 그대로인데

보이는 터널을
이쪽에선 이쪽대로 상촌터널이라 하고 저쪽에선 저쪽대

로 황학터널이라 한다고

누구였더라?
나는 지금 어둠 속

뜨겁다 조심해
버섯을 듬뿍 담아 내 앞에 놓는 사람은 뜨거움을 염려한다
영원히 출구로 나가지 않을 것처럼

황토벽엔 연속무늬 창문
거듭 가두려던 그대는 누구였는지 전골은 계속해서 끓고

이 사람은 드라이아이스에 데어본 적이 없다
넘치는 국물에 김 서려본 적 없다

복면시왕

그 시가 다 그 시 같다는 말을
살짝 꼬여
시가 다 그지 같다고 들었다

익히 아는 곡을 따라 부르다 박자를 놓쳤다
고막이 문제인지 자막이 문제인지 한 끗 차이지만 티브이
화면엔

와!
미쳤나 봐

얼굴 없는 탄성이 복면의 가왕을 만든다
모두는 속아줄 준비가 돼 있어서

본인의 노래를 본인이 부르게 된다면 이름을 바꾼 채 해
안을 걷는 사내가 있다면 그리고 잠시 후

탕!

극단적이게도 자신을 표현한* 총구가 목구멍을 찢는다

무거워진 사내의 두 이름을 꿰매려 빅서해안을 시침질하
는 발자국들
그 사람이 그 사람이었다니 기분 그지 같더라니까

복면의 시왕은
연을 나눌 줄 안다 환절기에 스웨터 걸치듯 행을 덧씌운
다 기울어진 담장에 벽돌 갈아 끼우듯 단어를 바꾼다

다다다 다
스캣만으로 한 곡을 부르는 가수도 있다

* 에밀 아자르 또는 로맹 가리

찹쌀 꽈배기

그는 입가에 묻은 설탕을 닦아낸다
그 옷 그만 버리지 그래
내가 입은 스웨터의 소매 끝을 당긴다
꽈배기 무늬가 뾰루퉁하다

나는 접시 가를 두드린다
설탕은 한 번씩 털어줘야지
내가 말 받아치기로는 구 단이거든
브래지어엔 호크가 삼단

한 칸씩 당겨 채우지만
설렘은 이미 느슨하고
늘어진 목 사이 누레진 속옷

보풀처럼 부풀던 때를 꺼내면
서로의 옆구리를 빌려야만 잠이 들던 때
닿는 것만으로 밤은 짧고
겨드랑이 아래를 들추면 뽀얀 속살이

들어가야 할 데 들어가고
나와야 할 때 나와 있는
지금의 헐거움을

버리기로 했으면
당신이 먼저다

모자의 힘

　백령도엔 도둑과 신호등과 귀신이 없다고 자신은 여행 가이드 김 반장이라고 했다 몇 가지 당부를 이르더니 '기사가 오는 대로 출발시키겠습니다' 버스로 들어오는 사람은 없었고 자리를 옮겨 앉더니 기사가 되었다 까나리를 닮아 급하기까지 한 김 반장은 두무진의 선대암처럼 늠름했다 웃음과 환호성을 섞어 해안을 돌 때 '잠시 후 여러분은 거수경례를 받게 될 것입니다' 철책이 좁혀진 산자락을 용감히 오르던 버스가 잠시 멈추었고 몇 명의 빨간 모자가 올라왔다 거수경례를 마치고 내려갔다 찔레꽃 새순을 조심스레 치우며 비탈을 내려가던 김 반장, 작년 여름이었단다 어느 모임에서 다녀갔는데 누군가 모자를 두고 내렸다고 버리기 뭐해 버스 앞켠에 뒀는데 무슨 일인지 경비 초소를 지날 때면 저리 깍듯한 인사를 받는다고 한 번 해병은 영원한 해병이라는데 그게 무슨 말이냐고 넉살 좋게 묻는다 한 번의 의문은 영원한 궁금증으로 남는 나는 버스에서 내릴까 했지만 볼것은 많고 시간은 모자라 뭉클함이 단전을 치고 삼각산에 올랐다 봉우리에서 내려오질 않았다

터뜨리지 마세요

불에 살아요
물로 부푸는 집

조개를 주세요 삼겹살과 함께요 연탄구이는 추억의 맛 상추는 양껏 무한의 맛을 즐기다 보면 그 안에 달팽이 갖고 놀아요 눈을 찌르며 박수를 치며 어서 어서 앞으로 튀어 보라고! 죽으면 안 돼 한 때의 불장난 앗, 뜨거워요 열 받았을 때의 나처럼 축포가 난무한 파티처럼 함성을 키워요 집게는 꼬집을 때의 손톱 가위는 베어 물 때의 이빨 얼마나 오래 가는지를 안다면 타오르는 불꽃이 보인다면 손 쓰지 마세요 이미 감염되었어요 패각의 안 맑음이 보인다면 당신은 순결한 사람 수포로 돌아가지 않도록 길을 내세요 물은 흘러요

몸에 살아요
까기 직전의 알입니다

흰눈썹황금새

금요일에 떠나자 했다
일단은 떠나고 보자고

우리가 셋인 것처럼 주어진 날은 3일
멈춰지는 곳에서 하루를 쓰면 된다고 서둘러 명랑했다
거울을 보며 얼굴을 만졌다

몰랐다 우리는
포항엔 어떤 것들이 있는지
천수만을 가기로 한 날이 하필이면 토요일

귀한 새를 볼 수도 있어요
짙은 눈썹의 강사는 무채색의 웃음을 지었는데
우리의 하루는 공중에서 날아가게 될지 모른다

봄과 가을을 살러 여름에 오는 새
겨울에 떠날지라도 일단은 날아야 하고

우리는 금요일과 일요일 사이에 낀 미간

눈썹을 찡그리고 귓바퀴를 열면

모든 소리는 명랑하여 노랑 노랑 어쩌면 너랑

너랑은 나랑

우리랑은 그 사이에 낀 하양과 까망의 티티새

동해와 서해 어디쯤의 파랑

직접 농사지은 양파즙 팝니다

내려간 입꼬리가 국물의 온도를 찾아

— 엄마의 마음으로 요리합니다
찾아간 식당에서 계모의 손맛이 느껴진다면
그 집은 접기

신발코를 세워 연신 동그라미를 그리며
난 괜찮아 네가 더 힘들겠지
이 사람은 돌려 까기

뛸까? 두 발보다 빠른 네 바퀴 저만큼 떠난
버스는 보내기

승강장에 들어선다 버스 노선이 그려진 그 위로
— 직접 농사지은 양파즙 팝니다

직접…

손 안 대고 풀리는 게 있을까

수확시기의 양파는 땅 위로 올라온다
잎의 자멸일까
뿌리의 자립일까

스스로 떠나지 못한 사람은 지금 어디쯤 갔나
마지막 겹은 벗기기

까내지 못한 번호가 울린다
받아도 될까?

페이스 아이디로 잠금장치는 풀리고
운전자가 멈춘 곳은 승강장이 된다

그다음은 물 들어오는 소리

섬사람의 김치는 짜다
물을 부어도 찌개는 간간하여
내 탓 아니라는 듯
바다가 속을 까 보이고

쏙*은 파헤치면 뻘로 숨는다

배추밭엔 조개껍데기
알맹이의 행적을 아는 어촌계장과
캐물을세라 입을 감춘 부녀회장은
염문의 속을 채운다

움켜쥐면 흘러내리는 사막을 지나
보호색 짙은 지중해를 뒷자락에 감추고
지구가 한 바퀴 돌아 온다

놔두면 혼자서도 벌어지는 바지락은
저기 좀 봐

물총을 쏘아 하루를 덮고

잘 자라는 인사에
해수면이 어룽어룽
지켜보던 홍가시나무 햇잎 붉다

* 갑각류의 일종

장애인활동지원사 복희 씨

점심을 빵으로 때운다
때운다는 말이 수저를 든 이용인의 엉거주춤을 닮아

밀어 넣으면 어떻게든 삼켜져요

크루아상을 반으로 나누면 108겹
잘라도 잘라도 잘리지 않는 목숨은 한 겹

나눔이 몸에 밴 이용인은
다리 하나를 휠체어와 나눴다 시력의 반을 손과 나누고
후원 물품의 돈가스는
나와 나눈다

투석을 마치면 믹스커피를 마신다
뜨거운 맛을 더는 나누지 않겠다는 듯 단숨에

일하듯 봉사하라는데
봉사하듯 일하라는데

식사가 아닌 거르는 것도 아닌 끼니를 때운다

내 몸이 아닌 남의 몸도 아닌
마음을 때워보겠다고

극성極性

수요일 주세요 뽀까 주세요
아이는 아이만의 언어를 만든다

수요일엔 소시지를 볶는다 아이는 칼집 낸 수요일을 좋아
할 테지만 나는 피망을 썬다 가스불을 켜고 프라이팬을 달
군다

기름을 두른다 남아 있던 물방울이 톡톡
수요일을 먹는 아이 입가엔 케첩이 범벅

시발 시발 씨이발
현관으로 간 아이가 오른쪽을 왼발에 끼운다 밖은 어둡다
무궁화 꽃잎이 한 방향으로 말아 잠자리에 든 시간

엄마가 말 안 들어 똑땅해
그래서 내가 드레스 받잖아!

엄마는 커서 뭐가 되려는지 걱정인 아이가 미끄럼틀 기둥

에 부탁을 한다

　누구나 꽃 하자

　누구나 꽃이 피었습니다

　술래의 반대말은 삐뚤어 피는 꽃
　양방향으로 칼집 넣을 걸 그랬나 소시지가 수요일로 뒤틀
린다

　아이가 멈춘다
　프라이팬에 튀던 물방울은 어디로 갔을까?

제4부

새들은 북쪽 하늘에 밑줄을 긋고

스웨터에서 잔솔가지를 떼준다

일몰이 아름다운 곳이래
해 뜨는 것도 볼 수 있어?

으, 으응
자신 없는 대답처럼
해가 머뭇

송림 사이 맥문동꽃 진다
머릿결을 쓸어 넘기는 사람 있다
보라가 짙어 검고
검정은 짙어 하얗다

백사장엔 때늦은 아이들
신발을 벗는다 바지를 걷는다
다시 바다의 끝을 향해
쓸려간 모래가 다시 이 자리로 오기까지

숲에서 빠져나온 사람들
긴 의자에 앉는다
눈 밑에서 어두운 하늘

이렇게 하루가 가네

새들이 밑줄을 그으며 가는 북쪽
해 진 언저리가 붉다

온고이지신

어른들 말쌈 하나도 그른 게 없어
새겨들어야 하거늘 하나를 봐도 제대로 알아야 하거늘

아버지 날 낳으시고
어머니 날 기르셨다던

옛말을 그대로 실행해 볼게
미역국 뭉근히 끓일게 녹작지근하게 몸 풀어 줄게 아무것
도 안 해도 돼

부유 수유 할게
육아휴직이 여자들만의 것이 아닌 이즈음에
니코틴이나 알코올이 남성만의 식품 첨가물은 아니잖아

더 큰 가슴을 가져 봐

어때?
이보다 나은 잇몸도 있지?

예비군 훈련쯤은 당신이 가 줄 거지?

가까이 먼 나무

찌익,
짠다 묻힌다 닦는다 거품을 뱉는다
양치질은 기다리는 시간을 부풀린다

왜 늦었냐고 묻지 않았다

장마철에 퍼붓는 우박이려니
한여름 지나야 돌아오는 연어려니

손을 펼쳐 보인다
열 개의 손가락은 열 달의 뱃속

은혜는 잊지 않을게요

다짐으로 될 일이면 떠나지 않았겠지
열에 열에 열을 곱해도 모자란 시간은 손가락 사이로 빠
져나가고

들여다보지 않은 그 속을 누가 알까마는
  연어는 바다를 기억하지 않아 강에 사는 어종으로 분류
되고

앙상한 가지로 수종을 아는 사람 몇이나 될까마는

빨간 열매만 보면 먼나무 같았어
추웠거든

붉기 전의 기억은
다시 짜고 다시 묻히고 다시 닦고 다시 뱉어도
입속에 하얗게 눈으로 쌓여

다글다글
맺히는 피

포유류가 아닐지 모른다

혼자 맞는 저녁은 바다에 가깝다
입을 다물지 못할 때 해수면에 가 닿는 나는 척추동물

사랑할 때면 입이 자주 마르다

배꼽이 달싹인다
쉽게 드나들 수 없는 해안에서 너는 가슴이 참 예뻐,라는
말을 들었다

자주 산에 올랐다
능선에 오르면 해안이 깊어 밥숟갈에 가지나물을 얹어 주
던 사람

같이 식탁을 치우고
둘 닮은 나를 낳고 내가 내게서 헤엄치고 내가 미늘을 낚고

퇴화하는 건 아닐까
하루에도 몇 번씩 사라지는 배꼽

뭍에서 얼마나 멀어진 걸까
발버둥으로 진화하는 지느러미

물이 고인 곳은 어디든 바다 같아 숨이 가쁘다 나를 풀어
줘야 하는데
내가 건져진다

아랫배가 부푼다

재생성 목숨

배고파 죽겠다
배불러도 죽겠고 바쁘면 바빠 죽겠다 좋아 죽던 사람이
미워 죽겠는 건 순식간

스스로 죽거나
때 되어 죽거나
죽기 싫어도 죽어야만 하는
죽고
죽여주는

한몫 거드는 것으로 악어와 전갈과 개와 뱀과 민달팽이가
있다고

민달팽이가 사람을 죽인다고?
어떻게?
정확히는 그 안에 빌붙어 사는 놈이겠지

알고 죽는 것과 모르고 죽는 것 중 사람이 무서워해야 하

는 건 정작 사람일 테지만

사람이 죽인 사람보다 더 많은 사람을 죽인 건 모기

앵앵
잠 못 자 죽겠다던 사람과 손바닥 신을 믿어 살아난 사람
이 고마워해야 하는 것 또한 모기일 텐데

오늘 밤 죽음은 가까운 곳에 있어
여태껏 내가 때려죽인 모기는 몇 마리쯤 될까?

다시 궁금해 죽겠고

비과학적인

아기는 주먹을 쥐고 태어난다
엄지를 네 손가락 안에 밀어 넣고

"어미를 찌르지 않겠다는 거야"
말이 갔다

"태어나지 못할까 봐 그런 건 아니고?"
말이 왔다

"넌 글을 쓰는 게 좋겠어"
국어 경시에서 받아온 상장의 금박을 만지며
말을 보냈다

해파리 군무를 보고 온 아이가 하늘을 살피던 날
멈춰버린 말

별은 시가 될 수 없다던 아이가
펼쳤던 망원경을 접고 기저귀를 펼친다

자신을 닮은 듯 다른 아기를 안고 있는 한때의 내 아기가

바닷속 별이 마음에서 반짝여요

그게 시라고
말해 줄까 하다가

바다는 하늘을 담아 파랗다고
손만 꼬옥 쥐었다

클레로덴드룸

교과서에 충실했다 말하는 아이의 졸업엔 꽃이 있었다 날려 보낸 풍선은 별박이가 되어
나는 하늘을 자주 올려다볼 수밖에

사람은 큰 사람 아래서 자란다지만
나는 반려 식물을 키우는 사람 나무는 큰 나무 아래서 자랄 수 없다는 걸 아는 사람

커튼콜의 가수는 옷 갈아입을 시간도 없이 다시 무대에 선다 재투성이 아가씨는 외출 준비를 마치기도 전 소와 두꺼비가 나타난다

무엇을 도와드릴까요?

팥쥐나 신데렐라가 내겐 별반 다르지 않지만
새로 돋는 이파리 하나도 자기 이름을 갖고 싶어 한다는 건 알아

돋보이고 싶다면 버릴 줄도 알아야지

겹쳐진 잎 사이
유리구두와 호박마차와 넝쿨로 뻗어나간 계모까지 떼어
내자 나타나는
열두 시

거기
너였어?

한때는

광치기 해변은
바다가 아니다 육지가 아니다

아닌 곳에 앉아
성산으로 갈까 섭지로 갈까
높이 솟는다 얕게 뻗는다

해를 맞는다
눈이 부시다 손차양을 치고 걸으면 육지에 닿을 수 있다
속을 보이지 않아 기댈 수 있던 사람

해를 보낸다
어둠이 체온을 밝힌다 벗으면 뜨거워 기댄 어깨로 속이
내비쳤다 이끼 낀 바위를 걸어 나간 사람

많은 걸 펼쳐 놓던 많은 걸 덮어 주던
한때의 바다 한때의 육지

빛과 어둠

가까이 멀리

보였다 사라진

그 가운데

봤지롱 나는 봤지롱

능소화 옆으로 누운
철대문 너머 까까뽀까 너머 흑염소탕 집에 사는 앵무새

봤지롱
나는 봤지롱

칠 벗겨진 간판 뒤 사시사철탕처럼 숨어 다 봤지롱

옛날엔 앵무새를 궐에서 키웠다고
입궁하는 처녀의 색을 살피느라 앵무새 피를 봤다고

궁을 모르는 난
새 한 마리 살린 셈

앵글이를 선물 받았어 이쑤시개 입에 문 김 사장에게

나만 보면 안녕하세요?
늦잠 잔 날도 굿모닝

매일을 아침으로 살게 해

길들이지 말았어야 해
능소화 담 넘는 걸 본 남자들 손만 타면 죽여주겠대
목을 꺾었지 새장 안은 온통 깃털

죽어가면서도
봤지롱 다 봤지롱

햇살은 머위 편

모처럼의 햇살을 붙잡고 앉아
있잖아

뭔데 그래?
엉덩이 비비적거리며 자리 넓히는 햇살은 눈치가 빠르다

내가 영악해 보여?
그게 어때서?

머위를 한 소쿠리 엎으며
너는 잎이 없어 부지런하고 대궁 없이 자라 변죽이 좋을
뿐이지

그런데 말이야

역접의 접속부사는 머위 뒷잎에 슨 벌레알과 같아
버릴 수도 있지만

펼쳐진 상황을 감싸는 게 문제야

햇살이 실낱을 벗긴다
누구도 보여주지 않은 맛을 나는 볼이 미어지도록
꿀꺽

햇살은 손톱 밑이 까매 돌아가고

만나자는 전화가 왔다

망설임이 걸려 온다

끊지 못한 마음을
붙였다 떼고 다시 붙여 확인하는 포스트잇처럼 실수로 걸
려 온 전화라면

실수에 감사하며

여보세요
혹시가 깃든 숨소리

중요한 순간에 딴 데 보는 이 버릇을 나는 여태 고치지 못
하고

푸른곰팡이가 인류를 구원했듯 시도는 거듭되니까
내 역사 속으로 들어와 준다면

그 또한 감사하며

만날래?

화이트 크리스마스

잘 지내지?   2024/12/23 13;11   1원

수정아 전화 좀 받어   2024/12/24 18;08   1원

너 추위 많이 타는데   2024/12/24 18;32   1원

스타벅스부산재송DT점   2024/12/24 20:13   -9,800원

참 따뜨한 애엿는데   2024/12/24 22;39   1원

돌 아와제발요ㅇ서ㅎㅐ   2024/12/24 23;56   1원

카카오일반택시(법인)』…   2024/12/25 00;57   -5700원

하번만기회르ㄹㅈ며 잘   2024/12/25 01:12   1원

수저ㅇㅏ 보곳 ㅣㅍㅇㅓ   2024/12/25 02:26   1원

추어ㅜ미ㅊ게ㅆ다ㅏ ㅣ ㅣ   2024/12/25 02:29   1,000,000원

예금이자   2024/12/26 13;08   219원

삼성생명1203회   2024/12/27 16:13   -56,090원

얼룩은 무늬로, 존재는 찬란으로

이병국

얼룩은 무늬로, 존재는 찬란으로

이병국

얼룩은 무늬로, 존재는 찬란으로

이병국

(시인, 문학평론가)

생존 너머

일반적으로 '살아남음'에 주목하는 일은 '생존'이라는 관점에서 존재의 양태를 바라보게 한다. 또한 삶을 고통의 연속성 속에서 파악하고 존재를 황폐한 실존의 층위에 둠으로써 비극적 현실을 견뎌내는 수행에 착목하도록 이끈다. 이러한 일련의 흐름은 부정의한 세계와 맞부딪쳐 살아가는 이들의 고통을 예리하게 포착하는 한편 그것을 따뜻하게 감싸안으려는 마음과 결합하여 위로와 연대를 제시하는 데로 나아간다. 그러나 여기에는 부정적 현실을 차폐하고 존재를 위무함으로써 자칫 섣부른 화해로 이어질 위험이 도사리고 있는 것도 사실이다. 삶을 살아내거나 살아남아야 하는 무엇으로 여기는 태도는 그만큼 예민한 감각으로 세계를 견딜 수 있게 하는 한편에서 모든 것을 포용하여 내적 성장을 위한 토대라는 식의 섣부른 만용을 불러올 수 있기 때문이다.

그런 점에서 조명희 시인의 세 번째 시집 『상자해파리』가 '살아남은 것들의 얼룩'을 응시하는 데에서 시작한다는 점에 주목할 필요가 있다. 잠자리와 기린, 개구리의 특징을 제시하며 시작하는 「살아남은 것들의 무늬」의 첫 연은 환경에 적응하는 과정에서 획득된 형질이 유전적으로 이어진 진화 결과를 보여준다. 주지하다시피 진화는 무작위적으로 출현한 다양한 개체 중 생존에 유리한 개체만 살아남아 그 유전자를 이어가는 것을 의미한다. 중요한 것은 진화가 생존 번식을 위해 목적이나 의지를 갖고 구성된 무엇이 아니라는 점이다. 진화는 확률적 복제에 의한 우연적인 돌연변이가 자연선택으로 더 많이 살아남으로써 이루어진 것으로 보는 게 옳다. 다시 말해 진화는 개체의 의지가 아닌 환경 변화에 따른 적자생존의 우연성인 셈이다. 반면 이어지는 연의 화자가 "며칠째 부르튼 입술"을 어쩌지 못한 채 "아이섀도를 펴 바"르는 일은 잠자리, 기린, 개구리의 진화와는 다른 것처럼 보인다. 거기에는 확률적 복제에 의한 우연한 돌연변이의 출현이 없기 때문이다. 이는 마치 표제작인 「상자해파리」에서 "뿔을 잘라 피를 팔고 밥을 먹고 연애하고 담배를 피우던 사람"이 제 몸과 제 삶을 지켜내기 위해 "냄새가 퍼지는 곳까지를 가까운 거리라고" 여기며 "독침"을 버리는 것과 닮았다. 살아남기 위한 존재의 자기 방어기제라 할 수 있겠다.

시인은 이를 "유혈목이 허물"을 벗고 "어딘가에서 색을 만들고 있"는 것에 전이하여 "얼룩으로 본색을 지"우는 일이라 칭한다. 본색을 지우는 일, 즉 감추는 일은 어찌하여 요구되는가. 시적 화자가 피곤이 가시화된 "며칠째 부르튼 입술"을 지닌 채 그것을 은폐하기 위해 화장을 하는 일을 우리는 개인의 능동적 의지로 받아들일 수 없다. 그것은 위계와 강제로 존재를 억압하는 부정의한 세계 속에서 겨우 "죽기 살기로 덤비면/ 죽거나/ 시체처럼 살아지거나" 하는 이들의 취할 수밖에 없는 (특정 젠더의) 생존 수단이기 때문이다. "본색을 지"우는 "얼룩"을 만들어 세계와 접촉해야만 살아남을 수 있는 현실은 강제된 폭력에 순응하는 존재를 진화의 양태로 기만할 따름이다. 이런 상황은 "페트병의 배를 가"르고 거기에 "물을 채"워 "고무나무잎을 꽂"아 놓고는 그곳에서 "뿌리내릴 먼 나라 어디쯤의 뱅골"을 꿈꾸게 하는 것에 불과하다. 기만과 착취는 존재를 강제적으로 변형시키는 폭력일 뿐이다. 그러나 그러한 폭력을 행사하는 "맹수는 의외로 가까운 곳에 산다". 그것은 어디 먼 곳의 일도, 특정한 누군가에게 제한된 일도 아니다. "숨어 때를 기다리는 맹렬함"으로 언제 어디에서나 벌어질 수 있는 위협이자 이미 벌어지고 있는 위험이다. 언제든 위태로움에 처할 위험을 내면화한 채 "살아남은 자의 얼룩은 무늬"라고 말할 수밖에 없을지도 모른다. 조명희 시인은 얼룩을 무늬로 수용하는 현실을 통해 불합리한 상황에 놓인 존재가 어쩔 수 없이 취해야 하는 바를 사회적 진화의 결과로 간주하는 부정의를 고발하고 우리 삶의 비극을 가시화한다.

더러 삶과 부딪친다 해도

그렇다고 조명희 시인의 시가 비극을 전면에 내세워 고통을 드러내는 데 복무하지는 않는다. 앞선 두 번째 시집 『언니, 우리 통영 가요』(걷는사람, 2023)를 여는 시 「세」에서 "산다는 게 세상에 세 들어 사는 거"라며 삶을 "환장한" 일이라 이야기한 것처럼 시인은 산다는 것의 실체를 예리하게 포착하는 한편에서 이를 의뭉스럽게 눙치는 데 탁월한 역량을 보여주었다. 이번 시집에서도 이는 여실히 드러난다. 특히 타인과의 관계를 형상화하는 데에서도 엿볼 수 있다. 「식혜」에서 "잘못 살았나 봐"라고 하며 화자를 앞에 두고 "친구가 그립다" 하는 "여자 사람"에게 "무슨 일이냐 물어도/ 그냥"이란 대답에 "그냥이라는 말은 보리밥집에 와 쌀밥을 찾는 것과 같다"고 생각하는 것처럼 말이다. 하지만 이러한 태도는 "친구가 그립다"는 말에 담긴 진의를 곡해하지 않으려는 마음의 반영이자 "사방이 문인 곳에서 손잡이를 찾고 있는 그녀"에게 섣부른 충고를 하지 않음으로써 존재를 오롯이 받아들이는 모습을 형상해 낸다. 후식으로 나온 식혜를 마시며 "부대낀다는 것은 고슬거리던 밥이 엿기름에 삭아가는 과정"이라고 이야기하는 것 역시 관계로부터 상호작용하며 이루어내는 '생강의 단맛'을 삶의 층위로 사유하는 시인의 시적 역량을 단적으로 드러내는 예라 할 수 있다. 나아가 잘 풀리지 않는 관계를 냉동실 안의 떡으로 형상화하여 "납작하게 눌린 우리는/ 해동에도 부풀지 않는다"(「떽떽거리던 사람이 똑똑 문을 두드리고」)고 눙치듯 진술한 것도 조명희 시인의 특징이라 할 만하다. 섣부른 화해가 지닌 기만을 경계하는 시인의 태도가 시적 은유를 타고 우리에게 정확히 전달된다.

미역국 좀 먹어본 사람은
불꽃을 줄인다

아욱은 끓이면 누렸다
해쑥은 소다를 넣고 삶았다
채소는 잎 넓히기 전 모가지 비틀린다

암시랑토 않당게

누가 알기나 허간디

아랫배가 평온해 눈두덩은 좀체 가라앉지 않는다

미역이 타닥거리며 냄비 바닥에 눌어붙도록

더 불렸더라면

참기름에 볶았더라면

자전거를 일찍 배웠다

손 뗀다 말만 없었더라면 거침없이 달렸을 텐데

흔들렸다

몇 번을 쓰러지고 나서야

넘어지는 쪽으로 몸을 기울이게 되었다

끓이면 파래지는 해초

뭉근한 맛을 안다

—「뭉근해서 구수한」 전문

  삶을 살아남은 것이 아닌 살아가는 것으로 전환하기 위해
요청되는 것이 있다면 그것은 스스로를 지키는 삶의 방식일
지도 모르겠다. 넘치지 않게 "불꽃을 줄"일 줄 아는 것을 포함

해 과정에서 비롯된 반응과 그에 적절한 대응을 취하는 것처럼 말이다. 우리의 삶은 강한 불에 끓어오르는 것이 아닌 끓이지 않고 꾸준한 데에서 그 의미를 찾을 수 있다. "뭉근한 맛"으로 감각되는 것이야말로 삶의 진정이 아닐까.

조명희 시인의 시가 환기하는 삶의 진정은 살아남기 위해 아등바등하는 것이 아니라 "더 불렸더라면/ 참기름에 볶았더라면"이라며 보잘것없는 후회를 드러내놓기를 망설이지 않는 데에서 비롯한다. 아욱을 끓이고 해쑥을 삶고 채소를 다듬어 한 끼의 식사를 준비하는 시인은 그러한 일이 정합적이고 합목적적인 세계가 강제하는 어떤 위대함에 복무하기를 원하지 않는다. 오히려 "암시랑토 않당게/ 누가 알기나 허간디"라고 하며 제 "아랫배가 평온"하기를 요청한다. 비록 "며칠째 부르튼 입술"(「살아남은 것들의 무늬」)처럼 "눈두덩은 좀체 가라앉지 않"을지라도, "더 불렸더라면/ 참기름에 볶았더라면"이라고 후회하며 아쉬움을 표한다고 할지라도 그보다 중요한 것은 스스로의 삶을 고양시킬 작은 만족의 층위임을 알고 수용할 줄 알아야 한다고 넌지시 제안하는 것이다. 물론 이를 위해서는 자전거를 배울 때처럼 "몇 번을 쓰러지고 나서야/ 넘어지는 쪽으로 몸을 기울"일 수 있듯 실패와 좌절의 경험이 필수불가결한 것도 사실이다. 그런 점에서 "손 뗀다 말만 없었더라면 거침없이 달렸을 텐데/ 흔들렸다"라는 구절은 현재의 삶은 물론이거니와 미래의 뭉근한 삶을 파괴할 따름인 욕망이 무엇인지 밝히며 이를 절제해야 한다는 점을 분명히 지적하고 있다.

그럼에도 우리의 삶이 뭉근해지기 어려운 것은 삶이란 것이 홀로 이루어지는 것이 아니기 때문이다. 우리는 늘 타인과의 관계 속에서 배제되거나 소외되지 않기를 바란다. 그런 점에서 살아가는 일은 끊임없이 타인을 의식하고 반응해야 하는 피로를 야기하기도 한다.

누가 내 얘기를 하는 것 같았다

돌아보면 모두 졸고 있었는데 죽암 휴게소는 화장실이 진입로에 있었다

내렸던 사람들이 자리를 채운 후 차는 출발했다

목적지에 도착해

가슴이 큰 사람은 부둥켜안았고 반가움이 모자란 사람은 손끝을 겹쳐 악수했다 조금 어색한 사람은 고개를 끄덕이며

옷자락을 스쳤다

민박집은 2인이 1실

일찍 방으로 들어간 네가 이불을 깔아 두었다 나는 베개를 당겨 너와 머리를 잇대어 잠들었다

　　밤새 편했다는 사람은 잠을 설쳤다는 사람에게 화장실을
양보했고

　　다음에 보자는 사람 있었다
　　돌아앉은 사람은 등이 작아 속이 좁았고 앞으로 그러지 말
자며 옆으로 걷는 사람 있었다

　　다음엔 내가 너 되겠다는 사람 있었다
—「뒤」 전문

인용한 시의 화자는 "누가 내 얘기를 하는 것 같"은 기분을
느낀다. "돌아보면 모두 졸고 있었"기에 "내 얘기를 하는" 사
람은 없었을 것이다. 그러나 시인이 형상화하듯 이러한 기분
을 느끼는 순간을 우리는 왕왕 경험한다. 그 이유는 우리가 타
자와의 관계 속에서 자신을 인식할 수밖에 없기 때문이다. 아
무리 "화장실이 진입로" 가까이 있다 해도 그곳에 불편함을 야
기하는 감정을 배설할 수는 없다. 잠시 잠깐의 여유조차 만끽
할 수 없는 차를 타고 화자는 "목적지에 도착"한다. 그러나 그
목적지가 어디인지, 또 어떤 목적을 지녔는지 알 수 있는 단서
는 제시되지 않는다. 다만 거기서 화자가 경험하는 것은 타자
와의 불편한 만남뿐이다. 물론 "가슴이 큰 사람"에게 환대를

받기도 하지만 "반가움이 모자"라거나 "조금 어색한 사람"들이 대부분이라 "옷자락을 스"치는 수준이라 할 만하다. 그렇다고 타자와 절연된 유폐의 모습을 띨 수는 없는 노릇이라 "2인이 1실"인 곳에서 "너와 머리를 잇대어 잠들"기도 하며 공존의 가능성을 모색하기도 한다. "까칠한 어른"(「열중쉬엇, 차렷」)의 세계에서의 공존은 미묘한 어긋남을 배려의 차원으로 대응하는 수준에 머물러 있을 뿐이라서 세속의 환영을 환대의 층위에서 봉합하기는 어렵기만 하다. 그저 "밤새 편했다는 사람은 잠을 설쳤다는 사람에게 화장실을 양보"할 따름이다. 타자와의 관계 맺기는 각자의 기율과 그로 인한 불편함으로 인해 공존의 양태로 전환되기가 어렵다. 조명희 시인이 응시하는 타자와의 관계는 개별 존재의 어긋남을 포용하거나 환대하지 못하는 파편적 만남으로 인해 다음 단계로 상승하지 못하는 것으로 읽힌다. 어쩌면 이는 우리가 살아가는 세계의 모습을 가장 선명하게 보여주는 일인지도 모르겠다. 흔히 이야기하듯 주체의 정립을 위한 타자와의 대면, 레비나스 식으로 말하자면 무한성을 향한 초월의 욕망을 충족시키는 타자의 얼굴과의 만남이 애초에 불가능한 것처럼 보이는 것이다. 시인이 경험하는 관계의 층위에서는 주체의 영역으로 환원되지도, 파악되거나 비교되지도 않는 무한성의 타자란 애초에 존재하지 않는 듯도 하다. 나의 너-되기, 혹은 너의 나-되기의 불가능성. 그로 인해 삶의 구체적인 내용을 나누고 즐기는 향유가 불

가능한 익명적 상태에 머물러 서로의 "뒤"만을 감각할 따름이
다. 그런 상황에서 "다음엔 내가 너 되겠다"는 말은 공염불에
불과할 뿐 아무것도 소통하지 않으며 자기만의 체계 속에 갇
혀 그 너머를 살피지 못하는 고립된 존재의 자기 반영에 그치
고 만다.

어쩌면 "뒤를 들"(「하이든 교향곡 94번」)키는 것도 삶을 살아
가는데 유용한 방법론일지도 모른다. 속칭 '놀람 교향곡'이라
고 일컫는 '하이든 교향곡 94번'처럼 익숙한 삶의 순간에 "콰
강! 명랑한 졸음을 깨우며"(같은 시) 다른 감각을 지닐 수 있
게 할 수 있기 때문이다. 이처럼 우리의 "얼굴은 뒷모습에 있"
는 것임을 낯설게 감각하는 태도, 그것이야말로 우리가 삶을
살아남는 것이 아니라 살아가는 것으로 전환하는 데 절대적으
로 요구되는 것인지도 모를 일이다.

얼룩은 무늬가 되어

그렇다고 해서 살아가는 것과 살아남는 혹은 살아남은 것의
우열이 분명하게 구분되어야 하는 것은 아니다. "물리치료실
에 물리적으로 누워 링거 줄"을 바라보며 "어쩌다 여기까지 왔
을까" 물어도 "시간을 되돌릴 수 없"다는(「모르긴 해도」) 사실
은 부정될 수 없다. 나이를 먹어 병이 들고 죽음을 생각하지
않는 삶이란 존재하기 않기 때문이다. "영사기 돌리듯 감기는

낚싯줄에 옛날이 상영"되고 "스틸 컷 하나로 짐작되는 완결편"(「흐르는 강물처럼」)으로서의 마무리되는 삶을 억지로 막는 것은 불가능하다. 그것은 '흐르는 강물'의 순리를 거스를 수 없는 것과 매한가지다. 영속의 순리 속에서 살아남은 존재로 살아가는 일이야말로 존재가 수용해야 할 삶의 윤리인지도 모를 일이다.

　　허리를 지팡이에 얹고 노인이 간다 한 손은 엉덩이가 업었다 두 다리에 하나를 더하여 간다 방지턱 앞에서 나는 한쪽 바퀴를 들고 덜컹

　　검정과 노랑의 봉긋함을 말아 쥔다 아직도 어느 이발소에선 동맥과 정맥을 감싼 붕대가 돈다지
　　나의 생각은 돌고 돌아도 더얼컹

　　마음만은 천천히

　　턱에 올라 브레이크를 놓으면 비로소
　　스르르

　　수도꼭지를 푸른 쪽으로 돌려볼 걸 그랬다
―「턱」 부분

열대우림 지역을 걷는 나무

볕을 향해

몸이 옮겨지면 뒤쪽 다리는 버린다고

한 해면 두어 뼘 정도 옮겨 간다고

…(중략)…

지금쯤 지팡이 짚었겠다

어둠으로 햇볕 한 뼘 옮기던 날처럼

곧 물어오겠다

언제 그리 나이를 먹은 겨?

—「소크라테아 엑소르히자」 부분

　삶이 턱에 걸려 위태로워질까 조심해도 세월은 간다. 그 안에서 지나간 시간을 후회해도 여전한 것들을 품고 내처 달려온 마음으로 더 나아갈 수밖에 없다. 주지하다시피 오늘은 어제의 경험과 그것의 죽음으로부터 비롯되고 오늘 역시 내일을 위한 경험이자 어느 순간 죽음으로 인식될 그 무엇이다. "동맥과 정맥을 감싼 붕대"의 상징이 돌고 도는 이발소 삼색등의 표지는 삶과 죽음을 내포하며 과거와 현재, 그리고 미래를 잇는다. 그러한 시간의 경험은 "검정과 노랑의 봉긋함을 말아 쥔" 과속방지턱의 감각으로 전유된다. 우리는 "한쪽 바퀴를 들고 덜컹"거리더라도 놀라거나 당황할 필요가 없다. 그것이 우리가 살아가는 데 위기는 될 수 있을지언정 삶을 영원히 정지시킬 위협이 될 수는 없기 때문이다. 오히려 그것은 "허리를 지팡이에 얹고" 가는 노인처럼 위태로운 "두 다리에 하나를 더하"여 조금 더 안정적인 삶을 지속할 수 있도록 찰나의 긴장을 부여하되 그로부터 더 큰 위험을 예방하는 계기가 된다. 어쩌면 그것이 세계의 부정으로부터 우리를 지켜내는 데 유의미한 안전장치이자 우리가 살아가는 삶에 수렴되는 세계의 본질일지도 모른다.

"지치지 않는 게 우리에겐 중요"(「폴라로이드 사진」)하다고 조명희 시인은 말한다. "내친김에 더 가 볼걸/ 이십 년 삼십 년, 갈 수만 있다면 훨씬 더 이전으로"(「흙은 풀씨가 아직 손바닥에」) 되돌아가길 원한다 해도 이를 단순히 과거를 그리워하는 정동의 발현이라고 보기 어려운 것은 "바라는 말은 따로 있는데/ 잠시 쉬자,라든가 바지춤을 바짝 걸어붙여야지,라든가"(같은 시)라는 구절에서 짐작하다시피 조명희 시인의 시에 형상화된 존재의 양태가 앞으로 나아가기 위해 마음을 다잡는 듯하기 때문이다. 이는 아주 천천히 새로운 뿌리를 지금 있는 곳에서 조금 떨어진 곳에 자라게 하여 그것으로 새로운 기둥을 세우고 이전의 뿌리를 죽게 함으로써 생을 영속하는 '소크라테아 엑소르히자' 일명 '걷는 나무'의 생존 메커니즘이 지닌 경이로움과 일맥상통한다. 이를 단지 한 존재의 영속을 의미하는 것으로 볼 이유는 없다. 그것은 "어둠으로 햇볕 한 뼘 옮기던" 할머니의 삶을 다음 세대로 잇는 것과 같다. "바다의 끝을 향해/ 쓸려간 모래가 다시 이 자리로 오기까지"(「새들은 북쪽 하늘에 밑줄을 긋고」)의 시간은 어린아이가 노인이 된 세월의 유비일 수도 있겠지만 뒤집어 생각해 보면 어제의 죽음을 기억하고 그 토대 위에서 오늘과 내일을 새롭게 만들어갈 존재의 시간을 표상한다고 볼 수 있다. 개체로서의 '나'는 일시적 존재임이 분명하나 종으로서의 '나'는 종의 영속 과정의 한 부분일 따름이다. 그런 이유로 살아남은 자의 얼룩은 살아가는 이들의 삶에 무늬로 아로새겨져 이어지는 것이다.

조명희 시인은 살아남은 자의 얼룩을 무늬로 읽는 시인이다. 시인은 얼룩이 가시화하는 삶의 비극에 주목하되 섣부른 위로로 얼룩을 닦아내려 하지 않는다. 얼룩을 삶의 한 층위에 새겨진 시간의 기록으로 여기기 때문이다. 내 몸에 남은 얼룩을 뭉근한 무엇으로 만드는 일은 그것을 외면하거나 지우는 데에서 비롯하지 않는다. 시인은 얼룩을 "내 역사 속으로 들어와 준" 거로 포용하고 "그 또한 감사"하다고 말함으로써(「만나자는 전화가 왔다」) 무늬로 전환해 낸다. 이러한 인식은 개별성 속에 깃든 무한한 전체를 감각하는 시인의 역량을 짐작케 한다. "가지 하나씩의 무성한 봉오리"가 지닌 "빼곡함"을 "숲"으

로(「수민에게」) 받아들일 줄 아는 시인과의 동행이 기대되는
것은 한 편 한 편의 시에 담긴 무늬들이 우리 삶을 반짝이게
할 것이 분명하기 때문이다. 그렇게 얼룩은 무늬가 되고 시가
되어 존재의 찬란으로 이어질 것이다.

별은 시가 될 수 없다던 아이가
펼쳤던 망원경을 접고 기저귀를 펼친다

자신을 닮은 듯 다른 아기를 안고 있는 한때의 내 아기가

바닷속 별이 마음에서 반짝여요

그게 시라고
말해 줄까 하다가

바다는 하늘을 담아 파랗다고
손만 꼬옥 쥐었다

—「비과학적인」 부분

| 조명희 |

전북 김제 출생. 2012년 『시사사』로 등단했으며, 시집으로 『껌 좀 씹을까』 『언니, 우리 통영 가요』(2023년 문학나눔 선정)가 있다. 2021년 아르코문학창작기금을 수혜했고, 제10회 시사사작품상을 수상했다.

이메일 : ddo6408@hanmail.net

현대시 기획선 148
상자해파리

초판 인쇄 · 2025년 12월 10일
초판 발행 · 2025년 12월 15일
지은이 · 조명희
펴낸이 · 이선희
펴낸곳 · 한국문연
서울 서대문구 증가로29길 12-27, 101호
출판등록 1988년 3월 3일 제3-188호
편집실 | 서울 서대문구 증가로31길 39, 202호
대표전화 302-2717 | 팩스 · 6442-6053
디지털 현대시 www.koreapoem.co.kr
이메일 koreapoem@hanmail.net

ⓒ 조명희 2025
ISBN 978-89-6104-413-4 03810

값 13,000원

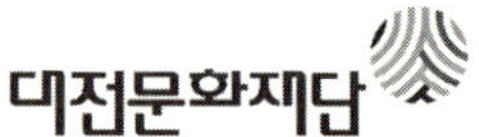

* 본 사업은 대전문화재단, 대전광역시에서 사업비 일부를 지원받았습니다.

✻ 잘못된 책은 바꾸어 드립니다.